Gewitternacht
星星還沒出來的夜晚

米謝・勒繆
MICHÈLE LEMIEUX

洪翠娥◎譯

【作者的話】

答案在想像力

　　為什麼要寫一本探討存在的問題卻尋不到答案的書？其實並非只有成人才會思考到哲學的問題。事實上，我們每一個人都可能會想到一些關於人類，卻終不得其解的問題，而你我應該就這麼天馬行空的去思索，讓想像力自由的飛翔。

　　我想寫的書是可以讓人去談自己切身的問題，而且是採開放的探討方式。我從沒有想過要給讀者任何答案，更不想藉此去驚嚇或是安慰讀者，或是寫一些無關痛癢的東西。

　　我只想談論一些關於生活、命運、夢想、焦慮甚至是死亡的問題；當然死亡也是屬於生命的一部分。藉由很普通的文字和一些特定場景的插畫，將觸發我靈感的文字表達出來。每一個問題都開啟了充塞各種景象和象徵的世界，而這些東西就是屬於答案的一部分。

　　對我來說，思想就像素描一樣，將會成為一幅畫，但仍是尚未完成的畫，還會再持續創造發展。我一開始就把這本書當成素描簿一樣，把場景架構在深夜的一個房間裡，裡面住著一個愛幻想的小女孩，她就跟其他的小孩一樣會問上千個奇奇怪怪的問題。這本書是獻給所有的大人和小孩；或是那些試著想要知道他們是誰，生命是什麼的人；還有給所有深信幽默感和想像力，永遠不會從生命中消失的人。

——米謝 · 勒繆 MICHÈLE LEMIEUX

【推薦序】（依姓氏筆畫順序）

獻給寂寞靈魂的備忘錄

曾經有這麼一個落魄畫家，生平只賣了一張畫。他對生命既好奇又惶恐，他的筆觸大膽，用色狂野，顯現出一種不合時宜的氛圍。他最有名的一張畫，是從精神病院的窗戶望出去，所捕捉出的夜空。人們被這幅畫嚇呆了，哪裡來這麼多顆高掛如漩渦的星星呢？

一百一十五年以後，美國 NASA 發佈了一張太空照片，所拍之物為「麒麟座 V838」的恆星周圍的景象，竟然和畫家當年所畫的奇怪星星，有著高度的相似性。

這怎麼可能？當年畫家怎麼可能靠著裸眼，就看到距離地球兩萬光年的「麒麟座 V838」？

答案很簡單，他是通過心靈之眼，仰望這無垠的大空。

閱讀《星星還沒出來的夜晚》，始終讓我想到梵谷的故事，像是一則獻給寂寞靈魂的備忘錄，輕聲說著：漫漫長夜，當你感到不被理解的時候，請永遠帶上你的好奇雙眼，為我們看見這世界還來不及了解的美麗。

瓦力（音樂與鄉愁的 murmur 患者）

簡單而深刻

　　《星星還沒出來的夜晚》乍看是一本可愛的小書，有著許多創意十足的插畫。故事很簡單，所有的事情都發生在小女孩和父母親道晚安之後所想起的問題。這些「小女孩」的問題，簡單而明確，但卻輕易地觸及了無限、生命、死亡、自我、愛與孤寂等課題。大部分，我們都沒有能力回答。

　　讀這本書令人坐立不安的是，如果這些簡單而根本的問題都沒有答案的話，我們簡直比矇著眼睛活著還糟糕。更何況每天理直氣壯地活著，自以為是地思考著所謂複雜的問題？簡單的問題，其實最深刻，又最叫人深思。

　　我的良心建議是，千萬別在睡前讀這本乍看之下可愛的小書。

侯文詠（名作家）

溫柔的星光

　　打開《星星還沒出來的夜晚》，下雨的天空沒有星星，但腦中深深的黑洞，卻也冒出一閃又一閃的星光。

　　作者用輕鬆、自然的筆調，輕輕的彈奏內心感情的流洩。這種感情雖然是他內心和個人的聯想，但並不令人覺得空洞，讀者很容易從內心深處引發對作者的共鳴。比起某些「禪宗玄機」那樣故作姿態，刻意著手的意念，要高明靈巧得多了。

　　米謝・勒繆的插畫，使這本書有不凡的想像發揮。它看來似一種頑皮的遊戲，流暢的繪出心靈的線條，想像的空間。如同一顆顆星星掉在你的懷裡，讓你很容易喜歡、感動。

　　大文豪赫曼・赫塞曾寫了一首詩送給妮儂夫人，其中有兩句是：

　　希望展翼飛去

　　飛離束縛我的牢籠

　　我在莫札特的鋼琴奏鳴曲中讀這本書，就自然浮起了赫塞的詩句。

　　《星星還沒出來的夜晚》會觸動你三種感官，眼睛、耳朵、以及你的心靈。

郝廣才（名作家／格林文化發行人）

愉悅的生命色調

　　身為繪本工作者，當我面對一張空白的紙，執筆開始構圖時，文字的意念隨時會跟在旁邊興起。

　　你的身分不斷轉換，時而是個感傷的詩人，時而是個瘋狂的畫家。

　　你好像在忘情地唱一首歌，旁邊有美妙的樂器在伴奏。這時所構成的線條和文字確實有一種奇妙的生命，和我們平常使用的文字和繪圖都截然不同。

　　它們緊密地結合，一起去遊戲、冒險。這塊空白的紙上是個大樂園，一處未曾有任何人踏足過的地方。

　　於是，另一種有趣的思維誕生了。

　　它往往會提供一種新的視界空間，以及新的樂趣。

　　當我翻讀著作者的每一篇圖文所構成的人生相時，我如此思索。

　　相信這位前輩在創作時應該也有近似的深層感受，並經由生命的色調，愉悅地調和出一種灰色，卻略帶一點悲觀而知性的幽默，完整地展現出來。

　　　　　　　　　　　　　　　　　　　　　　　　劉克襄（名作家）

獻給達西亞（Darcia）

我怎麼睡得著呢！
成千上萬個問題在我腦海裡盤旋。

無限的盡頭究竟在哪裡？

如果我們在天上挖一個洞
是不是就能看到無限？
如果我們在那個洞裡再挖一個洞
那我們會看到什麼呢？

其他星球是否也有生物呢？

你曾經想過，來自其他星球的生物
現正藏在我們中間嗎？

世界上第一個人類的長相
到底是誰構想出來的呢？

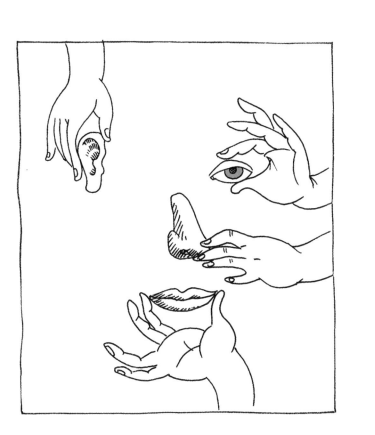

想想看，如果我們像蔬菜一樣從地裡長出來……

……或是從生產線上製造出來……

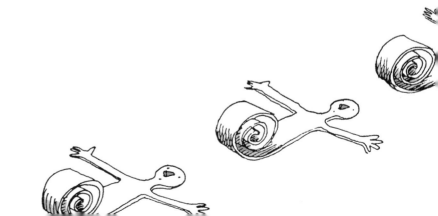

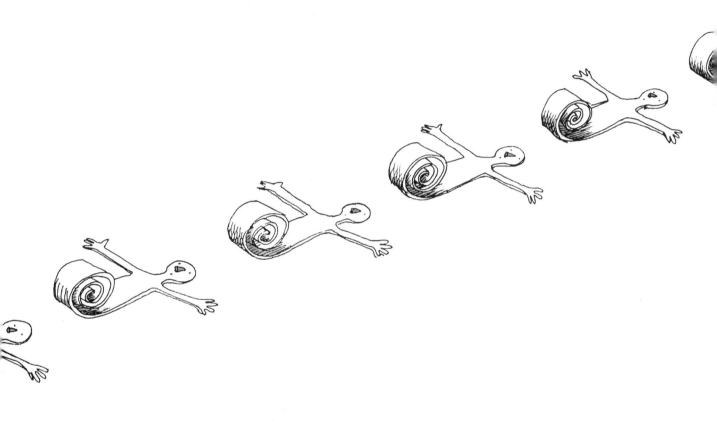

……或是由廢五金拼湊而成！

有一天我將會有自己的孩子，還是？

我是誰？

我只能在這世界上存活一次嗎？

我長得美嗎？

我可愛嗎？聰明嗎？

費多是否自以為長得美？

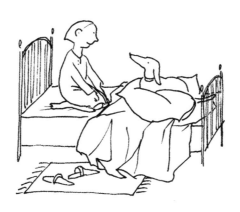

有時候，我覺得自己的長相很可笑，

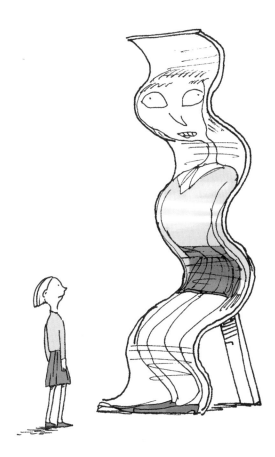

如果我們可以任意地更換這副皮囊⋯⋯

……或者，至少把其中的一部分藏起來，
也就是我們較不喜歡的那一部分！

如果我們可以隨意更換這副皮囊，
是否有人會看中我這一副呢？

有時候，我會覺得自己好無助。

每當這種時刻，我會期待
有人來安慰我。

有時候，我又非常渴望獨處，
希望全世界都不要來煩我，
這樣我才能隨心所欲，做我想做的事！

當我快樂的時候，我覺得自己
好像全身都在發光。

可是當我憤怒的時候，
我又覺得自己快要爆炸了！

當我悲傷的時候，我會有一種感覺，
好像全身充滿了水，水位不斷升高，
終於淹上髮根。

也許有一天我會成為一個大英雄？

我的名字將會以大寫字母厚厚地印在字典上？

有時候，我會想做出一些沒人敢做的事，
更別提松雅會有這個膽量了！

我的兄弟姊妹都會嫉妒得發狂！

人人都為我瘋狂喝采！

我整個的人生是否打一開始就已經被決定了呢？

難道我必須獨自尋找人生的出路？

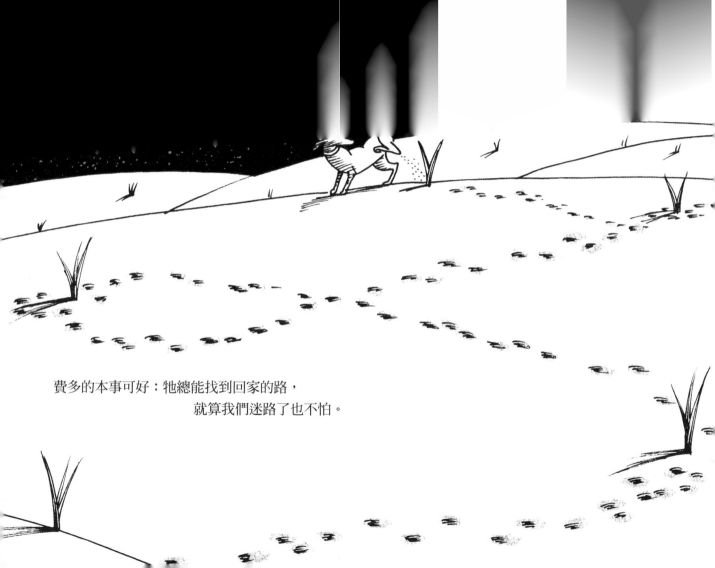

費多的本事可好：牠總能找到回家的路，
就算我們迷路了也不怕。

在人生的路途上，我能夠一直做出正確的抉擇嗎？
我又如何能夠分辨我所做的正是對的決定呢？

我能夠一直避開禍患的侵害嗎？

在天上是否真有位神一直看顧著我？

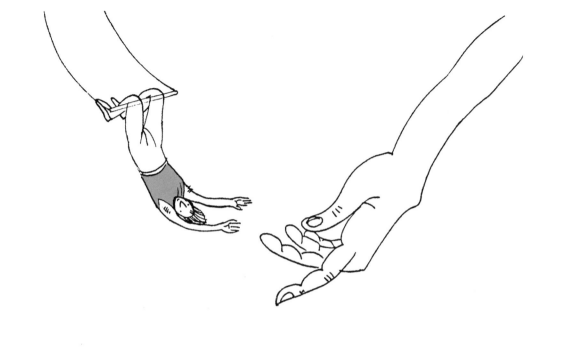

當然還有我的媽媽，總是無微不至地照顧著我！

那究竟是什麼——是命運嗎？

所有的意外都是純屬偶然嗎？
還是有人在背後操縱這一切？

為什麼我的腦子裡面裝得下這麼多奇奇怪怪的意念？
它們到底是打哪兒來的，又將往何處去
——當它們不在我的腦海中時？

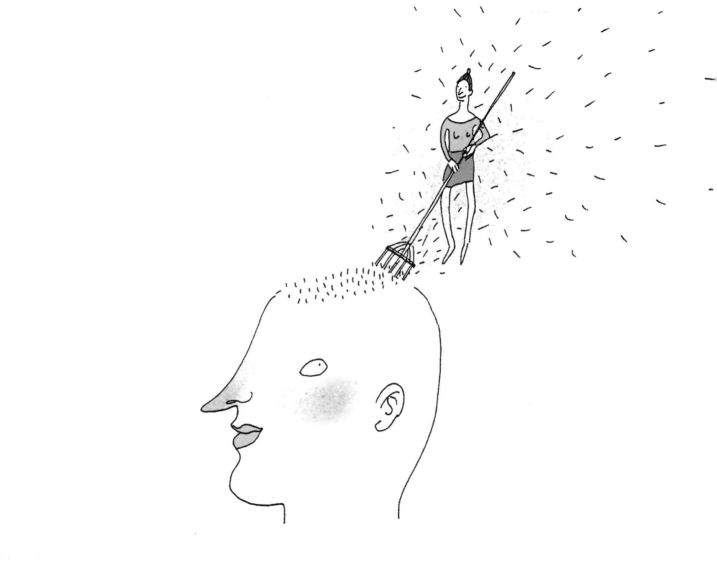

有時候，我的腦子裡簡直就是一片空白！

當我奉命為蘿拉姑媽畫一張美麗的肖像時，
就會發生這種情況。

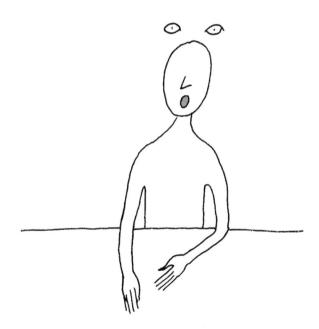

有時候，我會有這種感覺，
彷彿可以透視到自己的內心深處。

爸爸剛剛對我說了一個故事，
有個男人一直活在自己的幻想國度裡。

那我呢，我是不是也有屬於自己的幻想呢？

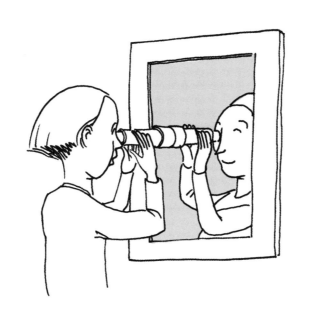

我是如此喜歡搜尋那些尚未存在的事物。

或許我有一些特殊的能力，
到現在還未曾被發掘出來！

當夜深人靜，當我沉入夢鄉時……

⋯⋯究竟我的靈魂漫遊到了何處？

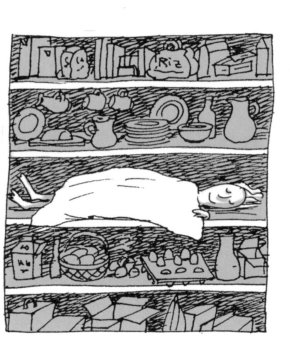

有沒有可能到另一個星球上了呢？

也許有這麼一個星球，上面聚集了所有正在做夢的人？

會不會我整個人生只不過是一場夢？
而夢才是唯一真實的世界？

我突然覺得好害怕！

費多，趕快到我的身邊來！

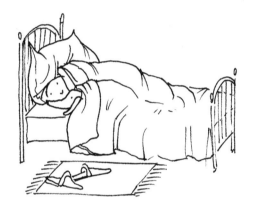

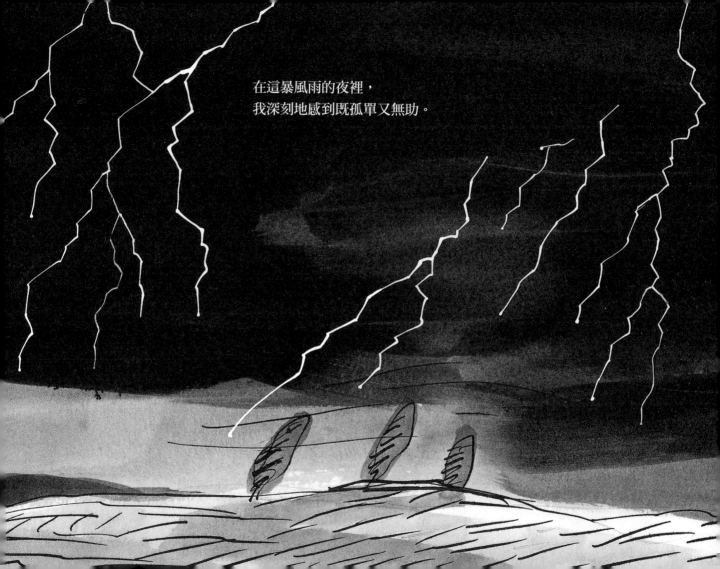

在這暴風雨的夜裡，
我深刻地感到既孤單又無助。

深怕自己突然被人遺棄……

……並且被迫和我所愛的每一個人分離……

孤伶伶一個人被放逐到天涯海角！

我擔心人們會不喜歡我！

我害怕戰爭。

媽媽！

我怕小偷會趁機闖進來，

我既怕猛虎野獸，
又怕妖魔鬼怪會乘虛而入，

更怕壞人會來傷害我！

生命中不知還有多少恐懼害怕在等候著我！

世界末日——真的有這麼一天嗎？

大限臨頭時，
我會意識到自己的生命已經走到終點了嗎？

死亡會不會很痛？

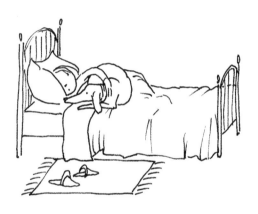

當死神想要帶走我時，
我會藏得好好的，
讓他怎麼找都找不到！

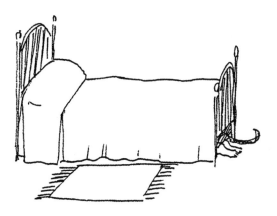

我們真能透視自己的靈魂嗎？

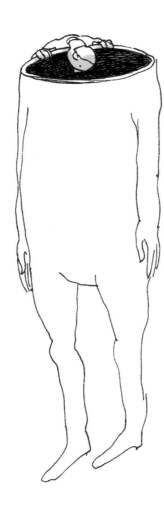

人死之後，他的靈魂究竟會去向何方？
難道是歸於不可測知的無限嗎？

然而無限的盡頭究竟在哪裡？
顯然它正躲藏在天空的背面！

我們敬愛的天父是否就住在那裡？
人死之後，是不是都會到祂那裡？

如果我親身到那裡走一趟的話，
是不是就能在成千上萬個死者中間
認出我的朋友和親人呢？

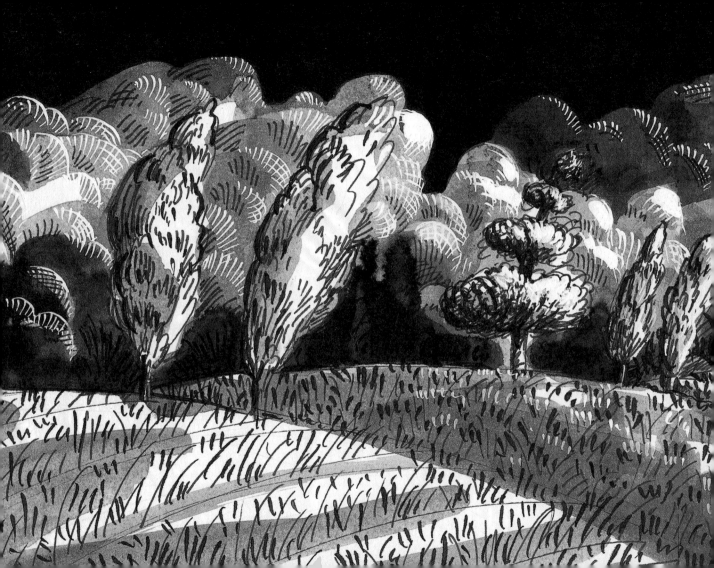

有時候，我也會問我自己：
死後的世界會不會比生前的世界更美好！
可是那裡的人們整天都在做些什麼事呢？

還有地獄！真的有這麼個地方嗎？

我們的老鄰居史本持先生，是個不幸的人，
他一天到晚哀聲嘆氣，他的人生就是煉獄！

也許死後的人生就是這麼簡單，
跟出生之前沒什麼兩樣！

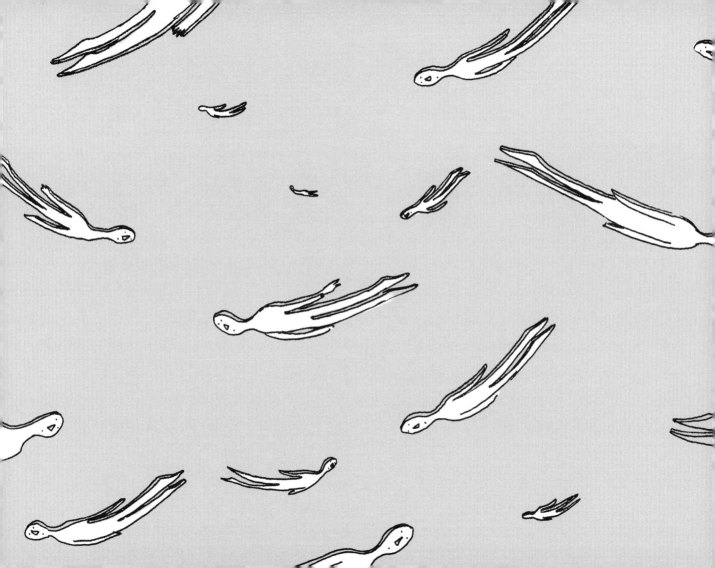

也許是死亡抹去了我們所有的記憶，
好讓我們在另一個輪迴中可以重新出生！

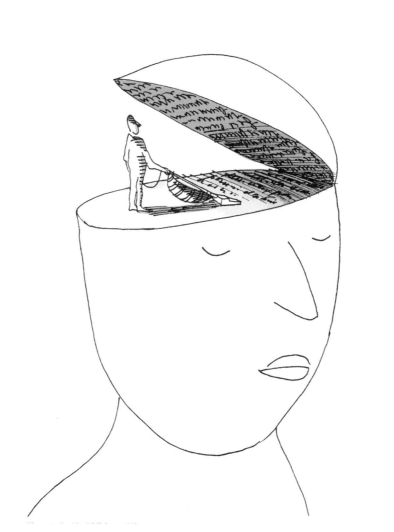

或許我們會以嶄新的形態
重返這個世界！

你能夠想像，人們竟然可以從中認出人類的形象！

如果死去的一切生物果真重新出生，
所有的人類，所有的動物、植物，
所有的貝類和空中的飛鳥，
那麼這個世界，包括天上地下
將沒有足夠的空間可以安置他們，或是？

如果死後的世界是空無一物，那又如何呢？

我好餓啊！

如果人類可以長生不死的話呢？

那麼人類就能夠理解　　　　　　所有的奇蹟，

這個世界的奇蹟，

宇宙的奇蹟，

全世界的每個角落都可以找到朋友！

那就太棒了！

國家圖書館出版品預行編目資料

星星還沒出來的夜晚／米謝‧勒繆著；洪翠
娥譯 .──初版──台北市：大田，2023.12
面；公分 . ──（Titan；151）

ISBN 978-986-179-840-0（平裝）

875.6   112018121

Titan 151

星星還沒出來的夜晚（暢銷夜光版）

作　者｜米謝‧勒繆（Michéle Lemieux）

譯　者｜洪翠娥

出　版　者｜大田出版有限公司

台北市一〇四四五 中山北路二段二十六巷二號二樓

E - m a i l｜titan@morningstar.com.tw　http://www.titan3.com.tw

編輯部專線｜（02）2562-1383　傳真：（02）2581-8761

總　編　輯｜莊培園

副總編輯｜蔡鳳儀

行銷編輯｜張筠和　編輯｜葉羿妤

行政編輯｜鄭鈺澐

助理編輯｜郭家妤

初　刷｜一九九八年五月一日

暢銷夜光版｜二〇二三年十二月十二日　定價：三九〇元

網路書店｜http://www.morningstar.com.tw（晨星網路書店）

TEL：（04）23595819 FAX：（04）23595493

購書Email｜service@morningstar.com.tw

郵政劃撥｜15060393（知己圖書股份有限公司）

印　刷｜上好印刷股份有限公司

國際書碼｜978-986-179-840-0　CIP:875.6/112018121

填回函雙重禮

① 立即送購書優惠券

② 抽獎小禮物